나의 작은 산양

나의 작은 산양

1쇄 발행 2023년 5월 30일
2쇄 발행 2023년 12월 20일

글 쉐타오
그림 왕샤오샤오
옮김 정이립

펴낸곳 책과이음
출판등록 2018년 1월 11일 제395-2018-000010호
대표전화 0505-099-0411 **팩스** 0505-099-0826
이메일 bookconnector@naver.com
Facebook · Blog /bookconnector
Instagram @book_connector
독자교정 김수민 박은영 신은희 조은비

ISBN 979-11-90365-48-2 03820

책과이음 • 책과 사람을 잇습니다!

나의 작은 산양

한때 나의 전부였던 너에게

쉐타오 글 | 왕샤오샤오 그림 | 정이립 옮김

책과이음

글 쉐타오 薛涛

아동문학가. 1971년 중국 랴오닝성에서 태어났다. 대부분의 시간을
강변에 있는 작은 나무집에서 책 읽고 글 쓰고 꿈꾸는 데 보낸다.
주요 작품으로 《9월의 빙하》《민들레를 따라 날아간 소녀》
《만산과 치히로》《작은 성》《발자국》《정오의 식물원》 등이 있으며,
전국우수아동문학상, 중화우수출판물상, 원진 도서상, 송칭링 아동문학상,
빙신 아동문학상, 천보추이 국제아동문학상 등을 받았다.
쉐타오의 작품은 세련되면서도 순박한 언어로 마음속에 깃든 순수한
동심과 우정을 소환하며, 여백의 미를 살림으로써 독자에게
무한한 상상의 공간을 선물한다고 평가받는다. 한국, 미국, 일본, 러시아,
중동 등 전 세계에서 그의 작품이 번역 출간되고 있다.
이 작품 《나의 작은 산양》은 2022년 독일 뮌헨 국제청소년도서관
추천도서목록 흰까마귀(The White Ravens)에 수록되었다.

그림 왕샤오샤오 王笑笑

독립 삽화가. 오랫동안 어린이 잡지와 아동문학 작품에 삽화를
그려오고 있다. 주로 영감을 얻는 원천은 엄마와 고양이다.
회화의 기교보다는 내면세계를 오롯이 표현하는 데 집중하며,
그런 까닭에 어린이의 순수한 마음을 더욱 잘 포착해낼 수 있다고 믿는다.
《봄날》《새집》《바다의 딸》《우주의 옷》《긴 머리 소녀의 비밀》 등
다수 작품에 그림을 그렸고, Hiii Illustration 국제 일러스트레이션 우수상,
황금 바람개비 젊은 일러스트레이터 대회 은상 등을 받았다.

번역 정이립

대학에서 중문학과 국문학을 전공하고 출판편집자로 일한다.
매 순간 글자 사이의 빈 공간에 숨결을 불어넣으려 고민한다.
옮긴 책으로 《연꽃이 돌아왔어요》《어른의 공식》《일, 일하다》
《로지와 마법의 말》《자장자장 그림 동화》《주홍 글자》 등이 있다.

차
례

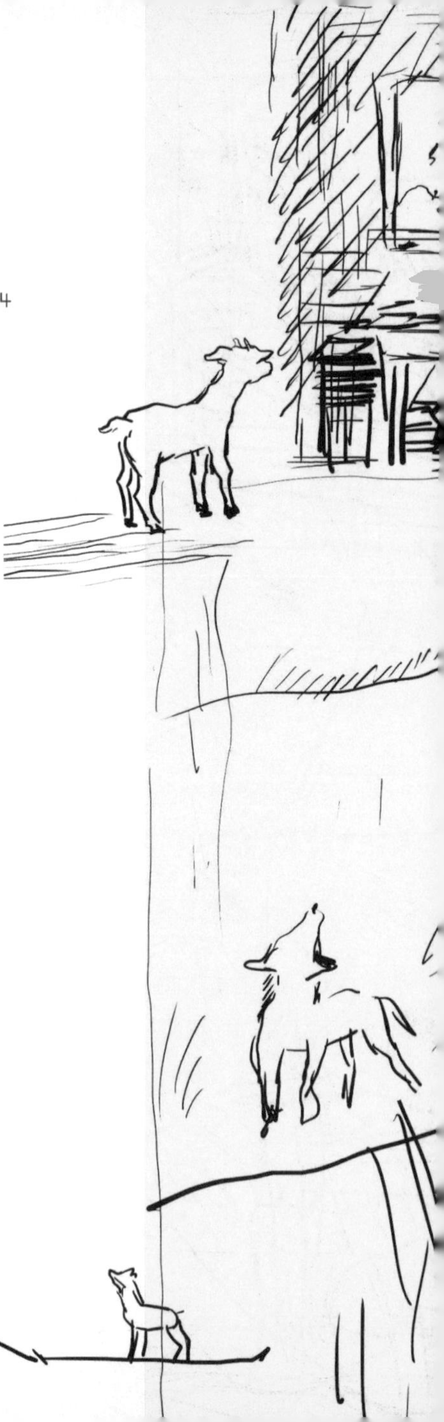

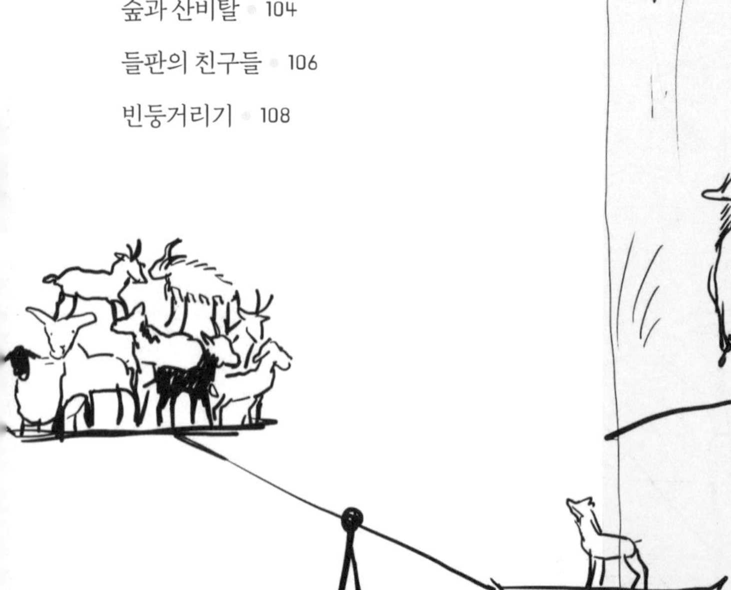

산양아, 너는 어디서 왔니

어느 날 연못 근처에서 놀다가 아기 산양을 만났다. 산양은 목이
마른지 얼어붙은 연못을 연신 할짝이고 있었다. 나는 아기 산양에
게 물었다.

"넌 어디서 왔어?"

"산에서 왔지. 먹을 걸 좀 찾아보려고. 그런데 물풀이 얼음 아래
서 다 얼어붙어버렸지 뭐야."

"예전에 어디선가 널 본 것 같아. 먼 옛날 어느 들판에서 말이야."

"나도 널 본 것 같아. 맞아, 나랑 같이 들판에서 살던 산양을 닮았
어. 그런데 나중에 어디로 갔는지 안 보이더라고.
들리는 말로는 아주아주 먼 곳으로 떠났대."

"그럼 나랑 같이 그곳에 가볼래? 예전의 것들
을 우리 둘이 함께 찾아보는 거야. 어때?"

"정말?"

13

"그럼, 정말이지. 다시 한 번 말하지만 정말이야. 원한다면 천 번이라도 더 말해줄 수 있어."

"천 번이나 말하는 건 거짓말일 때뿐이지. 참말은 한 번이면 충분해."

그렇게 우리 둘은 길을 떠났다.

우리는 남서쪽을 향해 출발해 산을 몇 개나 지나쳤다. 밤에는 추위를 피해 따뜻한 구덩이를 찾아 잠을 청했다. 나중에는 숲을 통과

해 북동쪽으로 갔다. 온통 눈으로 뒤덮인 땅과 얼어붙은 강을 지나
쳤다. 우리는 악몽과 요괴를 함께 물리치면서 길고 긴 어두운 밤을
함께 걸었다.

　마침내 강 건너편에서 우리가 찾던 들판이 모습을 드러냈다. 알
고 보니 들판은 그리 멀지 않은 곳에 있었다. 우리는 그곳에서 발
걸음을 멈췄다. 신이 난 아기 산양이 들판에서 즐겁게 뛰놀 때 나
는 앞으로 다가올 우리의 일상을 준비하기 시작했다.

오두막

나는 아기 산양을 위해 거센 비바람과 심술궂은 여우를 막아줄 조
그만 집을 지었다.

집을 만들려면 돌과 나무, 짚이 없어서는 안 되었다. 돌은 들판
에 잔뜩 널려 있어서 밖에 나갔다 올 때마다 몇 개씩 들고 돌아왔
다. 며칠이 지나자 그렇게 쌓인 돌이 몇십 개가 되고, 얼마 안
가 백 개를 넘어서기 시작했다. 셈을 해보니 사방 벽을 세우는
데 모두 320개의 돌이 필요했다. 나와 산양은 목표한 개수를
채우기 위해 부러 여기저기 돌아다녔다.

강변에는 부들이 많이 자랐다. 보기도 좋고 꽤 질겨서 이엉
으로 엮어 용마루에 올리기 좋을 것 같았다. 맞아, 아직 용마
루가 없구나. 용마루로 쓸 나무는 한 그루만 있으면 되
었다. 우연히 들판 동쪽에서 오래된 느릅
나무를 발견했다. 느릅나무가 말했다.

"난 이제 늙었어. 날 데려가도 좋아. 생각해보니 집이 되어보는 것도 나쁘지 않을 것 같아."

울타리도 빠져서는 안 되었다. 당연히 하얀 자작나무 가지로 울타리를 만들어야 했다. 하얀 자작나무 울타리가 아니라면 울타리라고 부를 수 없으니까. 울타리를 세우고 남은 자작나무는 짝문으로 만들어 달았다. 만들고 보니 제법 그럴싸한 문이 되었다.

산양아, 넌 그냥 지켜보기만 해.

아기 산양은 언제나 날 따라다니며 모든 과정을 감독했다. 무엇 하나가 만들어질 때마다 산양은 메메 두 번 울면서 만족감을 드러냈다. 아기 산양이 우는 소리를 들으면 나는 왠지 힘이 났다.

신기한 돌멩이

동쪽으로 난 숲에서 돌멩이 하나를 발견했는데, 살짝 두드렸더니 곧 열기를 내며 따뜻해졌다. 세상에 이런 돌이 있다니 정말 신기한 일 아닌가.

"날이 너무 추워. 발굽이 다 얼어서 딱딱해졌어!" 아기 산양이 메메 울었다.

"말은 바로 해야지. 네 발굽은 원래 딱딱하잖아. 하지만 맞아. 날이 추운 건 사실이지." 나는 돌멩이를 살짝 두드려 아기 산양에게 건넸다.

발굽이 따뜻하게 데워지자 얼어붙은 강 위로 아기 산양의 발자국이 길게 남았다.

나는 홀로 나무집 안에 누워 몸을 떨었다. 그때 아기 산양이 나를 향해 작은 발굽으로 돌멩이를 차자 돌이 곧장 내 손으로 굴러 들어왔다. 나는 나무문을 열고 산양을 끌어안았다. 온통 눈으로 뒤덮인 산양의 몸이 조금씩 녹아내렸다. 물이 바닥에 떨어지면서 지도를 그렸다. 지도에 표시된 장소는 모두 내가 예전에 가본 적이 있는 곳이었다.

경 계

나는 지도를 펴서 손가락으로 짚으며 아기 산양에게 들판의 경계
를 보여주었다.

동쪽에는 창바이산맥이 있어. 조금 더 동쪽에는 바이터우산이
있고. 이곳에는 많은 마을과 숲이 숨겨져 있지. 난 예전에 싱린이
라는 마을에 간 적이 있어. 그곳 사람들은 그림 그리는 것을 좋아
해서 모든 벽에 옛이야기를 담은 그림이 걸려 있었어. 그렇게 그림
으로 잔뜩 뒤덮인 마을은 처음 보았어.

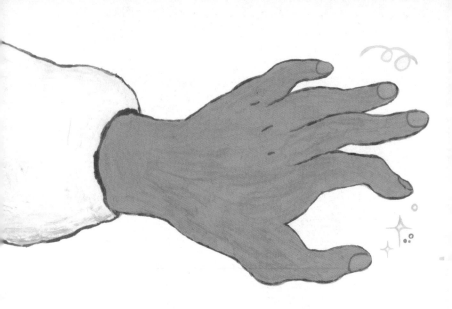

　북쪽으로 길을 따라 가면 '해님' '달님' '별님' 같은 이름이 붙은 마을이 나오는데, 그 중간에 '은하'라고 불리는 저수지가 있어. 나는 은하 옆에서 슬픈 어린 시절을 보냈어. 산양아, 네 말이 맞아. 나는 너와 함께 이 들판에 살려고 하늘에서 네 곁으로 내려온 거야.

　남쪽에는 강이 있어. 바이터우산에서 흘러내려 서쪽으로 굽이치며 보하이의 푸른 바다와 만나지. 겨울이 되면 강이 얼어붙어. 원한다면 꽁꽁 언 강을 가로질러 걷거나, 내키면 그 위에서 스케이트를 탈 수도 있어. 하지만 그 전에 발굽을 돌에 가는 게 좋아. 발굽이 부드러울수록 더 빨리 미끄러지거든. 그러면 아무도 너를 따라 잡지 못할 거야.

서쪽으로 큰 논이 있는 들판이 하나 더 있는데, 그 사이에 고속 열차가 지나는 기찻길이 놓여 있지. 거기 가는 유일한 방법은 굴다리를 통과하는 거야. 시간이 되면 너한테 볏단을 사줄게. 아마 갓 지은 밥맛과 똑같을걸? 아, 산양은 밥을 먹지 않으니까 아마 너한테 익숙한 맛은 아니겠구나. 하지만 몇 입만 먹으면 너도 밥이 어떤 맛인지 알게 될 거야.

　들판의 경계는 생각만큼 크지 않아. 아마 네 걸음으로 16일 정도면 다 둘러볼 수 있을 거야.

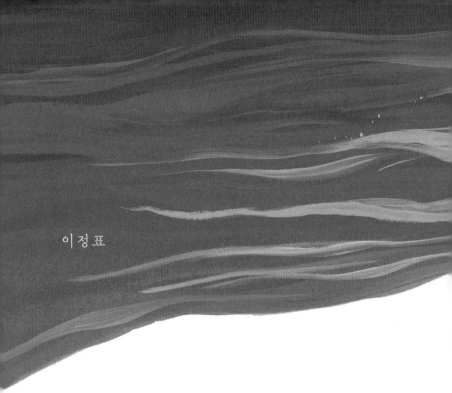

이정표

들판에서 고슴도치가 길을 잃고 오랜 시간 헤매는 것을 보았다. 광활한 공간은 모두에게 불편을 주니 정리가 필요해 보였다. 우리는 이정표를 세우기로 했다.

첫 번째 이정표는 바이터우산 쪽을 가리켜 세웠다. 나무 팻말이 비뚜름하게 걸렸는데, 아기 산양이 뿔 끝으로 받치자 반듯해졌다. 두 번째 이정표에는 '논: 서쪽으로 2킬로미터'라고 새겨 넣었다. 아기 산양이 왼쪽 앞발굽으로 나무 팻말을 고정했다. 세 번째 이정표에는 '우주의 끝, 티에링시: 북동쪽으로 30킬로미터'라고 새겼다.

이정표를 세운 산양이 문득 고개를 들어 북쪽을 바라보았다. 길

이 지평선 너머로 길게 뻗어 있었다. 산
양은 다시 나를 돌아보며 자기를 위해 오
두막 쪽으로 네 번째 이정표를 세워달라
고 부탁했다.

"그런 이정표는 필요 없어. 내가 언제나
네 곁에 있을 테니까. 혹시라도 길을 잃으
면 크게 소리쳐서 날 부르면 돼."

메메! 아기 산양이 울었다.

할 일을 모두 마친 나는 아기 산양을 데
리고 집으로 돌아갔다.

부활

도꼬마리꽃이 지고 나면 가시 돋친 열매가 달린다. 아기 산양은 발로 도꼬마리 열매를 톡톡 차서 들판으로 가지고 와 놀았다. 그런데 날씨가 따뜻해져 눈이 녹자 가시 돋친 열매에서 싹이 텄다. 지난해 죽은 도꼬마리가 되살아난 것이다.

아기 산양은 몹시 흥분해서 작년에 시들어버린 마른 풀을 마구 헤집었다. 마른 풀의 뿌리에서 새로운 싹이 터울터울 돋아나고 있었다. 민들레와 꼬리풀이 부활하고 질경이가 꿈틀거렸다. 수많은 꽃식물이 뿌리에서 싹을 틔웠고, 싸리나무와 때찔레가 살아났다. 들판의 덤불과 나무들도 머리에서 발끝까지 되살아났다.

아기 산양은 서둘러 울타리 옆으로 발걸음을 틀었다. 그곳에 콩새 한 마리가 누워 있었다. 지난해 가을 하늘에서 떨어진 콩새는 이미 풀처럼 바싹 말라 있었다. 하지만 날씨가 따뜻해지고 눈이 녹았으니 어쩌면 콩새에게 기회가 왔을지도. 아기 산양은 콩새가 깨어나길 기대하며 먹지도 마시지도 않고 그 자리에 가만히 앉아 꼬박 하루를 기다렸다.

콩새는 여전히 누운 채로 꼼짝도 하지 않았다. 만물이 되살아나

면 콩새도 깨어날 수 있을까?

수학 문제

이 세상에는 아기 산양이 몇 마리나 있을까?

　이것은 단순한 수학 문제이지만 동시에 단순한 수학 문제가 아니다. 아기 산양들은 다른 곳, 예를 들어 쿤밍과 오르도스, 울란바토르 교외에 있다. 또는 뉴질랜드의 목장에 있을 수도. 하지만 나는 그곳에 있는 아기 산양들에게는 관심이 없다.

　내가 관심을 기울이는 대상은 오직 나의 아기 산양이다. 내가 아기 산양을 데리고 이 들판에 들어온 순간부터 나의 아기 산양은 세상의 모든 산양을 대표하게 되었다.

　세상의 모든 산양이 이곳에 있다.

풀이 자라날 때

이른 봄에 나는 모든 순간을 아기 산양과 함께 보냈다. 풀냄새가
밀려오자 아기 산양은 흥분해서 가만히 있지 못하고 들판을 이리
저리 뛰어다녔다.

　저기 좀 봐. 저기까지가 다 초록색 풀밭이야! 아기 산양이 앞서
달려갔지만 그곳에 풀밭은 보이지 않았다. 산양은 다시 뒤를 돌아
보았다. 오두막 앞쪽으로 풀밭이 펼쳐져 있는 게 보였다. 산양은
다시 그쪽으로 달려갔지만 가까이 다가서자 오두막 앞에 있던 풀
밭은 자취를 감춘 듯 보이지 않았다.

아기 산양은 초록색 풀밭을 뒤쫓고, 나는 아기 산양을 뒤쫓았다. 들판을 뛰어다니느라 얼굴이 땀으로 뒤범벅이 되었다. 하지만 풀밭은 끝내 잡히지 않아 마치 도깨비장난 같았다.

그날 밤, 가랑비가 내리고 산들바람이 들판을 쓸고 지나갔다. 다음 날 아침이 되었을 때 나는 아기 산양이 외치는 소리에 번쩍 잠에서 깨어났다.

"메메! 메메!"

들판의 사방이 온통 새로 돋은 초록색 풀로 가득했다. 아기 산양은 감히 몸을 움직이지 못하고 풀들이 다시 도망갈까 봐 겁을 내며 울타리 안에서만 쭈뼛거렸다.

아기 산양의 무게

아기 산양이 태어났을 때는 딱 2.5킬로그램이었다. 오래된 구리 저울은 거짓말을 한 적이 없다. 1킬로그램이면 1킬로그램, 1그램이면 1그램일 뿐.

아기 산양은 지금 14킬로그램이다. 많지도 적지도 않게 딱 14킬로그램. 2.5킬로그램에서 14킬로그램이 될 때까지 아기 산양은 얼마나 많은 풀을 먹었을까? 얼마나 많은 물을 마셨을까?

들판에 널린 먹이는 모두 아기 산양의 것이다. 산양은 먹을 수 있는 만큼 먹고, 마실 수 있는 만큼 마신다. 봄여름에는 즙이 많고 달콤한 연두색 풀을 먹는다. 가을에는 당도가 오른 마른 풀을 먹고, 각종 산과일로 식후 디저트를 삼는다. 겨울이 되어 배가 고파지면 코를 킁킁대며 눈밭을 파헤치고, 그 밑에 숨은 마른 버섯이나 꽁꽁 얼어붙은 열매를 먹는다.

이 모든 것이 아기 산양에게 주는 대지의 선물이다.

우리 둘에게 필요한 모든 양분은 땅속 깊숙한 곳에서 나온다. 땅속 양분은 풀과 나무가 되어 들판을 뒤덮는다. 꽃은 갖은 양념 같아서, 쓰고 달고 시큼하고 매운 맛이 있다. 아기 산양은 배불리 먹으면서 들판에 깃든 온갖 맛을 탐색한다.

아기 산양은 천천히 자라고 또 늙어갈 것이다. 들판 또한 늙어가서 언젠가 양분이 모두 떨어지면 작은 돌 부스러기와 모래만 남은 바닥을 드러낼 것이다. 그리고 나는 아마 들판보다 더 늙어 있을 테지. 그때가 되면 아기 산양에게 이제 더 이상 너를 돌볼 수 없다고 말할지도 모르겠다. 내 마음은 이미 산산이 부서졌다고. 믿지 못하겠으면 들판에 널브러진 저 돌 부스러기를 보라고.

이름

아기 산양은 이름이 무척 많다. 화를 낼 땐 '꼬마 맹수'라고 부른다. 화가 나면 맹수처럼 용맹해지고 나무 한 그루를 충분히 부러뜨릴 수 있어서다. 아무래도 이 이름을 부를 때가 제법 많다. '꼬마 악동' 도 있는데, 말 그대로 작은 악당이라는 의미다.

또 다른 이름은 '꼬마 뿔쟁이'다. 아기 산양의 뿔은 밝게 빛난다. 제아무리 울창하게 우거진 수풀도 산양의 뿔에서 뿜어져 나오는 빛을 가릴 수 없다. 아기 산양은 이따금 자기 뿔을 돌에 비벼 갈고 는 한다. 이렇게 할 때는 더욱 어린 아기 산양처럼 보인다. 어쩌면 산양은 어른이 되고 싶지 않은 걸까.

종종 '꼬마 사슴'이라고 부를 때도 있다. 눈망울이 사슴의 그것과 같기 때문이다. 고개를 아래로 숙이면 꼭 작은 물방울이 떨어질 것 만 같다. '꼬마 감자' '꼬마 무' '꼬마 콩'이라고 부르는 건 아기 산양 이 들판의 채소 같을 때다. 물론 가끔은 '꼬마 만두'나 '꼬마 고기 파 이'라고 부르기도 한다. '꼬마 발굽'도 있는데, 내가 좋아하는 또 다 른 이름이다. 이런 이름은 부르는 시간이 매우 짧다. 어쩌면 몇 시 간 혹은 겨우 몇 분 정도. 그런가 하면 오직 한 번밖에 부르지 못한 이름도 있다. 예를 들어 '꼬맹이'가 그렇다.

나는 이 이름들을 나뭇잎에 쓰고, 돌 위에 새겼다. 많은 이름이
들판을 채웠다. 어디를 가든 아기 산양의 이름이 보인다. 이름이
있는 곳이라면 어디에서든 아기 산양을 찾을 수 있다. 나의 아기
산양은 들판 어디에나 있다.

유일한 양

나의 아기 산양은 들판에 있는 유일한 산양이다.

원래 산토끼도 이곳에 머무르기를 원했다. 하지만 나는 산토끼에게 다른 들판을 추천했고, 산토끼는 항상 그랬던 것처럼 그곳에서 행복하게 살아갔다. 나는 또 들쥐를 몰아내기 위해 돌멩이를 집어 던지기도 했다. 그런 옹졸한 녀석들은 결코 여기서 환영받지 못한다.

내 마음은 점점 한쪽으로 치우쳐 좁아졌다. 나는 나뭇가지 끝에 내려앉은 까치에게 이 들판이 오직 아기 산양의 것이라고 이야기하고, 온 들판에 이 말을 퍼뜨려달라고 부탁했다. 까치는 하늘로 날아올라 들판 구석구석에 소식을 퍼뜨렸다. 마치 기자 회견을 여는 것만큼이나 효과가 좋았다.

이제 모든 것이 완벽했다. 들판에는 나와 아기 산양만 남았다. 나는 매일 산양을 주의 깊게 살폈고, 그것으로 충분했다. 아기 산양이 풀을 뜯어 먹을 때, 나는 남쪽에 앉았다. 닝보시에서 온 누군가가 그곳에서 벌을 기르고 있었다. 나는 윙윙거리며 날아다니는 벌들에게 아카시아는 이쪽이 아니라 서쪽 숲에 많이 있다고 말해주었다. 아기 산양이 잠을 잘 때, 나는 북쪽에 앉았다. 그즈음 북풍이 꽤 강하게 불어와서 나는 산양을 몸으로 감싸 바람을 막아주었다. 아기 산양이 멍하니 허공을 바라볼 때, 나는 야생 국화 주위에 앉아 휘파람을 불었다. 허공을 응시할 땐 음악이 빠질 수 없으니까.

나의 아기 산양은 이 하늘 아래 유일한 산양이다.

이웃들

우리는 이웃과 왕래가 잦은 편은 아니다.

얼마 전 나는 오소리에게 주는 감자 몇 알을 구멍에 넣어놓고 갔다. 나는 오소리가 답례하는 걸 원치 않아서 아예 감사할 기회도 주지 않는다. 감사 인사를 하게 만드는 건 꽤 번거로운 일감을 던져주는 것과 같다. 그러면 방금 감자를 주면서 생긴 좋은 마음을 비겨 없애버리는 셈이다.

논에 사는 게는 좀처럼 밖으로 나오지 않는다. 나는 아기 산양에게 게의 습성을 설명해준 다음 굴다리를 지나 들판으로 돌아왔다. 게가 사는 곳은 오두막과 멀리 떨어져 있지만, 혹시라도 게가 찾아왔을 때 당황하지 않으려면 아기 산양도 게에 대해 어느 정도 알아야 했다.

우리 둘은 멀찍이서 이웃을 살펴보면서 필요할 때는 슬쩍 친절을 베풀고 떠났다.

기러기 떼가 끼럭끼럭 울면서 아래쪽의 들판을 향해 안부를 물었다. 아기 산양은 고개를 쳐들고 메메 울었다. "다시 돌아온 걸 환영해!"

나는 산양 옆에 누워서 기러기의 수를 세었다. 한 마리, 두 마리, 세 마리……. 작년에 날아간 기러기의 수와 올해 돌아온 기러기의 수는 한 마리도 차이가 나지 않았다. 놀랍게도!

작고 크다

물론 우리는 결코 선의의 방문객과 이웃을 거부하지 않는다.

어느 날 등이 굽은 사람이 들판에 들어섰다. 그는 강한 바람이
불어와 애써 쌓아둔 풀더미를 날려버려서 기르는 송아지에게 줄
먹이가 떨어졌다고 말했다. 나는 자주개자리가 핀 곳으로 그를 데
리고 갔다. 이곳의 풀은 송아지가 사흘 밤낮을 먹기에 충분했다.

어느 날엔 산꿩 한 마리가 들판에 떨어졌다. 황조롱이에게 쫓기
는 참이었다. 아기 산양이 산꿩을 등에 업고 오두막으로 숨었고,
나는 나뭇가지를 휘휘 휘둘러 황조롱이를 쫓았다. 산꿩과 황조롱
이 사이에서 나는 산꿩의 편에 섰다. 물론 아기 산양과 다른 모든
것들 사이에서 나는 아기 산양의 편이다.

풀밭에는 귀뚜라미와 지렁이, 땅강아지가 산다. 아기 산양은 길
을 걷다 이 친구들을 만나면 먼저 길을 비켜준다. 이들이야말로 들
판의 원주민이다. 나와 산양보다 먼저 이곳에 왔으니까.

나는 아기 산양과 함께 들판을 지키며 이웃들과 왕래한다.

나와 아기 산양의 세계는 매우 작아서 우리 둘을 겨우 감당할 수
있을 정도다. 그러나 동시에 나와 아기 산양의 세계는 매우 커서
세상의 모든 선의를 온전히 감당할 수 있다.

신신당부

며칠 동안 들판을 떠나 바깥에 가서 시험을 봐야 했다. 그래서 아기 산양에게 몇 마디 당부를 남겼다.

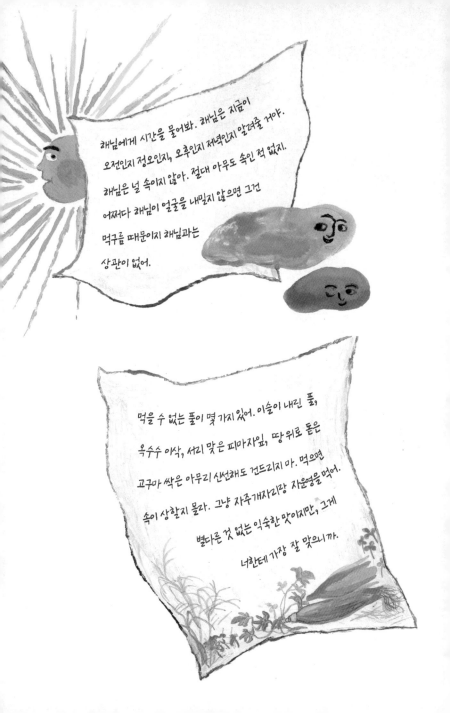

해님에게 시간을 물어봐. 해님은 지금이
오전인지 정오인지, 오후인지 저녁인지 알려줄 거야.
해님은 널 속이지 않아. 절대 아무도 속인 적 없지.
어쩌다 해님이 얼굴을 내밀지 않으면 그건
먹구름 때문이지 해님과는
상관이 없어.

먹을 수 없는 풀이 몇 가지 있어. 이슬이 내린 풀,
옥수수 이삭, 서리 맞은 피마자잎, 땅 위로 돋은
고구마 싹은 아무리 신선해도 건드리지 마. 먹으면
속이 상할지 몰라. 그냥 자주개자리랑 자운영을 먹어.
별다른 것 없는 익숙한 맛이지만, 그게
너한테 가장 잘 맞으니까.

들쥐가 집에 들어와도 무서워하지 마. 고양이처럼 울면 도망갈 거야. 만약 고양이 울음소리를 흉내 낼 줄 모른다면 큰 소리로 날 불러. 나는 들판 밖에서도 네 울음소리를 들을 수 있으니까.

석양과 무지개

아기 산양이 이곳에서 처음 알게 된 것들이 있다. 예를 들어 석양과 무지개 같은 것들.

내리 사흘 동안 나는 울타리에 앉아 아기 산양과 함께 석양을 바라보았다.

첫째 날에는 은백색 고속열차가 붉은 하늘을 뚫고 들어왔다. 깜짝 놀란 아기 산양이 계속해서 메메 울었다. 산양은 석양이 열차를 불태우거나 불덩어리가 땅에 떨어져 논이 통째로 타버리는 건 아닌지 걱정했다. 다행히 나쁜 일은 일어나지 않았다.

둘째 날이 되자 아기 산양은 조금 긴장을 풀고 석양을 자세히 살펴보았다. 까치 떼가 타오르는 불빛 속에서 온전하게 날아 나왔다. 아기 산양은 길게 안도의 숨을 내쉬며 감격에 겨워했다.

셋째 날이 되자 아기 산양은 뜨거운 눈물을 흘렸다. 석양의 빛 속에서 무언가를 발견한 것이다. 석양은 불타오르지만 아무것도 태우지 않았다. 가까이 있지만 결코 다른 영역을 침범하지 않았다.

그런가 하면 무지개는 겨우 일 분 동안만 모습을 드러냈는데, 아기 산양은 무려 한 시간 가까이 그 자리에 멍하니 서 있었다. 아기 산양은 무지개가 사라졌다는 사실을 받아들이기 어려웠는지 나중에는 눈물을 흘리고야 말았다.

아름다운 것들은 모두 순간이지만, 그걸 사랑하는 우리의 마음은 영원할 수 있지.

내가 말하자 아기 산양은 비로소 눈물을 멈추고 웃어 보였다.

개 미 왕

아기 산양은 자주개자리와 호밀보다 산딸기를 더 좋아한다.

아기 산양이 산딸기를 찾고 있을 때 개미 떼가 길을 가로막았다. 개미의 행렬은 물줄기처럼 산양의 앞을 가로질렀다. 개미를 처음 본 아기 산양은 놀라서 얼어붙었다. 개미들은 크기가 몹시 작지만 일종의 거대한 사회 같기도 했다.

"너희는 대체 뭔데 수가 이렇게나 많아?" 아기 산양이 생각나는 대로 물었다.

"우린 그 유명한 개미 가족이지. 넌 진짜 아는 게 별로 없나 보구나." 개미왕이 아기 산양의 질문에 대답했다.

"어디서 왔어? 그리고 또 어디로 가는 거야?" 아기 산양이 캐어물었다. 들판의 주인으로서 산양의 질문은 당연했다.

"서쪽 논에서 방금 이 들판으로 들어왔어. 나중에는 도랑을 건너 저 멀리 언덕으로 갈지도 몰라."

개미왕이 말한 언덕은 내가 며칠 전에 쌓아놓은 흙더미였다. 개미가 보기에는 거대한 언덕이겠지만. 그래, 개미의 눈으로 보면 세상의 많은 것들이 거대할 것이다.

"그럼 한동안 들판에서 지낸다는 이야기 맞지?"

"적어도 한 달 정도는. 여기도 그럭저럭 나쁘지 않아 보이네. 근

데 왜 그런 걸 물어보는 거지?"

개미왕은 대오를 정리하느라 조금 짜증이 난 듯했다.

"앞으로 발을 디딜 때 조심하려고. 잘못해서 발굽으로 너희를 뭉개버리면 안 되니까." 아기 산양이 말하면서 자기 발굽을 내려다보았다.

"신경 써줘서 고마워." 개미왕은 산양에게 감사를 전했다.

이후 아기 산양은 조금 달라졌다. 길을 걸을 때면 수풀 아래 살고 있는 개미들을 밟지 않도록 늘 조심조심 신경 쓰며 걷는 모양새였다.

환한 빛줄기

아기 산양의 털은 새하얗다. 햇빛이 충분한 날이면 아기 산양의 털은 환한 빛을 내뿜는다.

오전에 산양이 서쪽을 향해 서서 풀을 뜯어 먹을 땐 몸 왼편이 빛난다. 오후에 동쪽을 향해 서서 풀을 뜯어 먹으면 몸 오른편에서 빛이 일렁인다. 아기 산양의 몸에서 나는 빛은 사방을 비춘다. 아기 산양을 보면 누구든 아름답다고 말할 것이다. 심지어 냉정하기로 소문난 까마귀도 아기 산양이 세상에서 가장 아름다운 양이라고 인정할 정도니까.

까마귀가 나를 노려보며 물었다. "넌 어떻게 생각하는데?"

나는 고개를 끄덕여 동의를 표시했다.

그날 밤 나는 좀체 잠을 이룰 수 없었다. 아기 산양은 세상에서 가장 아름다운 양일 거야. 나도 그렇고 다들 그렇게 생각하니까. 그럼 아기 산양이 있는 이 들판이 세상에서 가장 좋은 들판이겠지? 세상에서 가장 달콤한 풀이 나고, 세상에서 가장 멋진 울타리도 있고. 그럼 아기 산양 옆에 있는 나는? 거기까지 생각하다가 나는 행복한 기분으로 잠에 빠져들었다. 잠결에 아기 산양이 말하는 소리가 들렸다.

"사실 난 세상에서 제일 아름다운 양이 아니라 제일 행복한 양이야⋯⋯."

너그러움에 관해

산양아, 나는 네 버릇이 나빠질까 봐 걱정돼.

네가 울타리를 무너뜨렸을 때 나는 화가 났어. 너는 울타리 밖에 가만히 서서 메메 울기만 했지. 하지만 지붕 위로 모인 구름이 흩어지기도 전에 나는 너를 용서했어.

언제인가는 네가 독성이 있는 고구마 싹을 간식으로 먹으려고 했잖아. 바보처럼 말이야. 그래서 내가 고구마 싹을 홱 잡아채서 내던지고 한바탕 호되게 꾸짖었지. 너는 뒤돌아서 들판으로 달려가면서 메메 울기만 했어. 내가 널 뒤쫓아가서 데려왔고.

이 들판에서, 기러기는 내 기운을 북돋고, 밤꾀꼬리는 선잠에 든 나를 깨우고, 귀뚜라미는 다시 나를 달래 잠들게 한다.

이 들판에서, 아기 산양은 내게 무엇이든 너그럽게 받아들일 줄 알아야 한다는 걸 가르쳐준다.

아기 산양의 성질

아기 산양은 성질이 매우 사납다.

　밖에 비바람이 몰아쳐 온 들판이 흔들렸다. 나는 문을 닫고 나서 아기 산양에게 오두막 안에 있으라고 말했다. 아기 산양이 "싫어, 싫어" 하며 머리로 문을 치받았다. 이때 아기 산양의 성질은 오두막보다 더 컸다.

　멀리서 불도저의 굉음이 들려왔다. 새로 다리를 세우는 중이라고 했다. 나는 아기 산양더러 들판에 얌전히 있어야지 함부로 멀리 나가면 안 된다고 말했다. 아기 산양은 "싫어, 싫어" 하며 지평선을 향해 뛰쳐나갔다. 이때 아기 산양의 성질은 들판보다 더 컸다.

　내가 버릇없이 키울수록, 아기 산양의 성질은 점점 드세진다. 하지만 사랑하는 마음이 커질수록, 어째 나는 아기 산양을 점점 더 버릇없이 키우게 된다.

지금의 나

아기 산양을 데리고 들판으로 들어온 이후 나는 예전에 놀던 친구들과 점점 멀어졌다.

어느 날 친구 두 명이 함께 수영을 하자며 나를 찾아왔다. 숲 바깥쪽 연못에 물이 가득 찼으니 잠수 시합을 해도 좋을 것 같다고 했다. 나는 정색을 하며 연못에서 수영하는 건 위험할뿐더러, 이제 그런 시합은 별로 좋아하지 않는다고 말했다. 친구들은 툴툴거리며 돌아갔다. 우리는 이전의 우정이 변했다는 걸 느꼈다.

또 다른 친구들 몇 명은 지붕 위에 올라가 땅바닥으로 뛰어내리는 놀이를 좋아했다. 지치지도 않는지 내리 사흘을 그렇게 놀 때도 있었다. 나는 친구들에게 경고했다. 지붕에서 뛰어내리는 바보 같은 놀이는 하면 안 돼. 지붕에도 좋지 않고 너희 다리에도 좋을 리 없잖아. 그런 놀이는 이제 그만두는 게 좋을 거야. 친구들은 오도카니 서서 멀어져가는 내 뒷모습만 물끄러미 바라보았다. 우리는 그렇게 각자의 길로 갈라섰다.

"메! 메! 메!"

막 들판에 들어섰을 때 아기 산양의 울음소리가 들려왔다.

아기 산양이 배가 고픈 것 같았다. 나는 서둘러 들판 안쪽으로 달려갔다. 주머니 속의 오디 열매가 이리저리 흔들렸다. 아기 산양에게 주기로 약속한 저녁 식사였다.

나는 더 이상 예전의 내가 아니다. 예전에 나는 하하호호 히죽거리며 아무렇게나 행동했다. 그러나 이제 내겐 들판과 아기 산양이 있다. 둘 모두 나를 필요로 하니 이제는 좀 더 믿음직한 사람이 되어야 한다.

평범한 일상

뭐니 뭐니 해도 풀베기가 가장 중요하다. 내일과 모레 먹을 것, 다음 계절에 먹을 것을 저장해놓으려면 풀을 베는 것만큼 중요한 일은 없다.

물론 돌에 이름을 붙이는 것도 꽤 중요한 일이다. 동글이, 뾰족이, 맨들이, 반짝이, 토돌이, 불룩이, 홀쭉이, 넓적이, 갸름이, 중간이…… 이런 이름을 붙이려면 알아야 할 게 제법 많다.

공부는 끝이 없다는데, 들판에 살아도 그건 마찬가지다. 아기 산양이 종일 메메 우는 터라 나도 아기 산양을 따라 메메 우는 법을 배웠다. 아기 산양은 데굴데굴 뒹굴기도 잘하는데, 그건 바로 나한테 배운 것이다. 뒹굴기에 관해서라면 아마 나보다 더 뛰어난 사람은 없을 것이다.

즐겁게 뛰놀다가, 멍하니 있다가, 이리저리 걷다가, 서로를 가만히 바라보는 것……. 이 또한 우리의 평범한 일상 가운데 하나이다.

사전

아기 산양의 언어는 단순하면서도 함축적이다. 한동안 아기 산양
은 매일 내게 단어 하나씩을 가르쳐주었다.

　메! 메! 메!
　―배고파.

　메메, 메!
　―나 좀 데리고 나가. 너무 답답해.

　메…… 메…… 메……
　―나 너무 슬퍼.

　메……
　―그리워.

　메, 메, 메……
　―너무너무 그리워.

나의 언어는 아기 산양보다 훨씬 단순하다.

내가 아무 말도 하지 않을 때는 아기 산양을 그리워한다는 뜻이다. 가끔 들판과 논, 도로, 기러기, 강 같은 단어를 입에 올릴 때도 있는데, 그건 여전히 아기 산양을 그리워한다는 뜻이다.

하루

들판에서는 모든 날이 비슷비슷하다. 어제와 오늘, 내일과 모레가 별 차이가 없다. 다행히 아기 산양이 있어서 하루하루가 지루하지 않다. 오히려 매일이 새롭고 매일이 한 편의 시와 같다.

이른 아침이면 산양은 남쪽에서 풀을 뜯고, 나는 그 옆에 앉아 흘러가는 구름을 구경한다. 구름 한 조각이 아기 산양의 모습으로 변해 내 주의를 끌려 하지만 나는 속지 않는다. 매 순간 아기 산양이 풀을 뜯어 먹는 소리에 귀 기울이고 있으니까. 정오쯤이면 산양은 동쪽에서 햇볕을 쬐고, 나는 손가락으로 삼각자를 만들어 산맥의 길이를 잰다. 나는 산양을 데리고 산맥을 넘어가는 데 며칠이 걸릴지 계산해본다. 늦은 오후가 되면 산양은 북쪽을 바라보며 노래 부르고, 나는 풀줄기 하나를 뽑아 공중에 휘젓는다. 나는 오케스트라 지휘를 배운 적이 없어서 리듬이 좀 불규칙하다. 풀씨가 땅에 떨어지며 토독토독 소리를 내자 여치가 놀라서 입을 다문다. "이봐! 지금은 아기 산양의 콘서트 시간이야. 그러니 정 노래하고 싶다면 다른 시간을 고르는 게 좋을 거야." 아기 산양이 서쪽으로 지는 해를 바라본다. 또 하루가 지나간다. 하루가 지나가면 산양과 지내는 날이 하루 줄어든다. 그래서 나는 매일 궁리하게 된다. 우리가 함께 이 아름다운 나날을 더 오래 보낼 방법은 없을까.

뜻밖의 재난

홍수로 불어난 물이 강둑을 덮쳐 들판을 뒤덮었다. 무언가를 해야 했다.

갈라진 둑의 틈새는 돌로 막았다. 나는 꼬박 사흘을 일했다. 하지만 여전히 빈 틈으로 강물이 새어 나와 나를 골치 아프게 했다. 나는 끊임없이 틈새를 막았다.

질경이는 모두 물에 잠겨버렸다. 나는 도랑을 파서 고인 물을 바깥쪽으로 내보냈다. 도랑의 물은 낮은 지대로 흘러 마지막에는 강물에 합류했다.

아기 산양은 낙담하여 울타리에 기대어 섰다. 네발이 진흙투성이가 되었다. 아기 산양이 내게 묻는 것 같았다. 내가 아직도 예전의 나일까? 과연 예전의 나로 돌아갈 수 있을까?

나는 맑은 물을 한 통 길어 와 산양의 몸에 묻은 진흙을 조심스레 씻어냈다. 홍수를 원망하는 내 얼굴 위로 눈물이 흘러내렸다.

모든 것이 원래대로 돌아갈 거야. 다만 시간이 걸릴 뿐이지. 얼마 뒤면 네 털이 눈처럼 하얘지고, 네 발굽은 거무스레 반짝이겠지. 울타리와 오두막이 다시 빛을 내고, 우리가 들판에서 보내는 날도 금세 예전처럼 빛날 거야.

난 사라지지 않아

아기 산양이 꾸벅꾸벅 졸 때 나는 강가에 가서 풀을 베었다. 아기 산양에게 평온한 시간을 선물하고 싶었다.

낫이 쏴쏴 내는 소리에 묻혀 새가 우는 소리도 벌레가 우는 소리도 들리지 않았다. 가장 두려웠던 건, 아기 산양이 메메 우는 소리도 들리지 않았다는 사실이다. 어쩌면 아기 산양이 나를 부르는 소리를 듣지 못했을지도 모르겠다.

풀 한 다발을 어깨에 메고 돌아오니 산양의 눈빛이 슬픔으로 가득 차 있었다.

"메메메, 난 네가 사라진 줄 알았어."

산양아, 나는 사라지지 않을 거야. 네가 날 보고 있지 않을 때도 난 너를 위해 일했어. 내 머릿속은 온통 너로 가득해. 네가 달리는 모습, 네가 고개를 돌리는 모습, 네가 풀을 뜯어 먹는 모습, 네 눈시울이 뜨거워지는 모습⋯⋯. 너라는 존재는 온 들판을 차지하고 있어. 내 온 마음을 차지하고 있는 것도 오롯이 너라는 존재뿐이야.

다이어트

우연히 뱀을 만난 이후 아기 산양은 다이어트를 시작했다.

예전에는 한 끼에 자주개자리를 한 움큼씩 먹었지만 지금은 아주 조금만 먹는다. 풀 반 다발을 온종일 걸려도 다 먹지 못한다. 아기 산양은 가늘고 매끈한 몸매를 가질 수 있다는 헛된 환상에 빠져 있었다. 며칠 사이에 몸이 거짓말처럼 허약해져서 눈빛조차 흐리멍덩했다.

산양아, 그 뱀은 그만 잊어버려. 네겐 가늘고 매끈한 몸매는 필요치 않아. 그런 몸은 뱀한테나 어울리지. 네 눈엔 뱀이 밥도 제대로 못 먹어서 똑바로 일어서기는커녕, 늘 힘겹게 땅바닥을 기어 다니는 게 보이지 않니?

산양아, 넌 그냥 들판에서 즐겁게 뛰놀면 돼. 그게 네가 가장 아름다워 보이는 순간이야. 그러려면 힘도 필요해. 게다가 내가 들판에서 돌을 옮기는 일도 도와줘야 하잖니. 아직 일을 절반도 못 끝냈어.

그러니 아기 산양아, 마음껏 풀을 뜯어 먹으렴.

소 란

어느 날 나는 들판을 벗어나 아주 먼 곳으로 갔다.

　나는 도시의 커다란 나무 아래 서서, 나뭇가지에 빼곡히 내려앉은 참새들에게 살아가는 것의 수고로움에 관해 이야기했다. 고개를 들어 나무 꼭대기를 바라보고 있자니 문득 내 눈앞에 들판이 섬광처럼 스쳐 지나갔다. 아기 산양이 들판 한가운데 서 있었다. 작은 참새 떼가 재잘재잘 뭐라고 떠들어댔다. 그러나 이런 소란함도 아기 산양이 나를 부르는 소리를 방해할 순 없었다.

　"메! 메! 메!"

　아기 산양이 배가 고프구나. 그 소리는
내게 너무도 또렷하게 들려왔다.

작은 발굽

아기 산양은 발굽이 네 개다. 더 많아도 더 적어도 안 된다. 이 점은
다른 양과 다를 바 없다.

네 발굽은 마치 두 켤레의 검은색 가죽 구두처럼 보인다.

나는 산양을 데리고 고속철도 아래로 난 굴다리를 지나 논으로
갔다. 아기 산양은 흥에 겨워 뛰놀았고, 곧 발굽이 진흙으로 범벅
이 되어 더러워졌다. 한낮이 되자 나는 아기 산양을 데리고 강가로
목욕을 하러 갔다. 아기 산양이 몸을 돌려 도망치려 하자, 나는 얼
른 앞쪽의 두 발굽을 강물에 밀어 넣었다. 아기 산양은 몇 번 발버
둥 치다가 이내 포기했다. 나는 서둘러 뒤쪽에 있는 두 발굽도 깨
끗이 씻었다.

검은색 명품 가죽 구두 두 켤레 같은 네 발굽이 다시 광채를 되
찾았다.

등산할 때의 몇 가지 주의 사항

아기 산양이 등산을 하고 싶어 했다. 이건 자못 큰일이다. 산에 가려면 주의해야 할 것이 산길에 널려 있는 돌멩이보다 더 많다.

일단 마른 음식을 챙겨야 하는데, 너무 적으면 안 돼. 넌 너무 말라서 음식을 못 먹으면 안 되니까. 하지만 너무 많아도 안 돼. 너무 무거우면 등에 짊어지기 곤란해져. 그리고 앞장서서 걷지 마. 풀숲의 뱀은 제일 앞쪽에서 걸어가는 사람을 겁주길 좋아하거든. 맨 뒤에서 걷는 건 더 곤란해. 뒤에서 뭐가 튀어나올지 어떻게 알아?

눈으로 그림을 그려봐. 한번 해봐. 어떤 색이든 다 있을 거야. 발로 가만히 관찰해봐. 등산은 영화를 보는 것과 같아. 한 걸음 디디면 하나의 이야기가 나오고, 다시 한 걸음 디디면 또 다른 이야기가 나오지. 지치면 좀 쉬었다 가도 돼. 가을벌레가 무슨 소리를 내는지 들어봐. 길을 따라 모든 벌레가 소리를 내지. 그게 무슨 뜻인지 모른대도 들어보면 적잖이 위로가 될 거야.

생 일

아기 산양이 태어나기 전의 8만 시간 동안 나는 홀로 바닷가에 앉아 있었다. 어느 날, 친척이 모는 고깃배를 타고 가까운 바다에 고기를 잡으러 나갔다. 고깃배는 해안을 따라 나아가다가 짙푸른 세계로 점점 깊숙이 들어갔다. 머리 위쪽으로 새하얀 산양 한 마리가 나타나서 짙푸른 그곳에 서 있었다. 산양은 고개를 숙이고 나를 바라보며 무슨 말인가를 하려 했다.

"내가 잘못 본 게 아니라면 넌 산양이 맞지⋯⋯?" 내가 먼저 인사를 건넸다. 산양은 내 말이 맞다는 듯이 고개를 끄덕였다.

"땅으로 돌아가서 다른 양들하고 풀을 뜯어 먹고 싶은 거야?" 막연한 추측이었지만 산양은 다시 고개를 끄덕였다.

"난, 난 널 도울 수 없어⋯⋯. 혹시 비가 오면 모르겠지만. 비가 오면 빗물을 타고 땅으로 내려갈 수도 있을 텐데."

나는 고개를 들어 맑은 하늘을 보고 절망했다. 그때, 어디선가 바람이 불어와 산양을 닮은 구름을 일그러뜨렸다. 구름은 어쩔 수 없다는 듯 곧 사라지고 말았다.

아기 산양은 그때의 흰 구름이었을까? 그렇다면 아기 산양은 어느 바다를 떠다니던 고깃배 한 척과, 그 갑판 위에 누워 있던 어린 시절의 나를 기억하고 있을 것이다. 그때 아기 산양은 아직 인간 세상에 내려오기 전이었고, 나는 그보다 일찍 도착해 수만 시간을 기다린 것이다.

아기 산양은 당연히 비와 함께 대지에 내려왔을 것이다. 그런데 대체 어느 비를 타고 내려온 것일까?

의 미

이 들판에 아기 산양이라는 존재가 없다면 풀 한 포기조차 의미를 잃는다.

하늘 또한 의미를 잃는다.

산맥도, 강물도, 논도, 길도 의미를 잃는다.

새 우는 소리는 그저 듣기 힘든 소음이고, 귀뚜라미는 더 이상 가수가 아니라 시끄러운 벌레에 불과하다. 바람은 그저 바람이어서, 난폭하고 거칠기만 할 뿐 부드럽지 않다.

대지는 조각조각의 어둠으로 한데 꿰매여 있다. 아기 산양은 등불처럼 들판의 어둠 한 조각을 비추고, 그러면 대지에서 곧 그 한 조각만큼의 어둠이 사라진다.

말 한 마디에 잎새 하나

산양야, 한 가지 말해줄 게 있어. 강가의 큰 포플러나무 잎이 노랗게 변하고 바람이 불어오면 수많은 구리종이 쏴아 울린단다. 그리고 다시 며칠이 지나면 땅에 떨어질 거야.

우리 둘이 새로운 규칙을 정해보자.

이제부터 서로 따뜻한 말만 주고받는 거야. 들판도 우리 말을 들을 수 있도록. 그리고 한 마디씩 할 때마다 나무 밑에 가서 노란 잎사귀를 주워 오는 거지. 세 마디 하면 잎사귀 세 개, 열 마디 하면 잎사귀 열 개야. 만약 천 마디 만 마디를 하면, 나무 한 그루에 달린 노란 잎은 모두 네 것이 될 거야.

아기 산양이 병에 걸리다

아기 산양이 병이 났다. 무슨 일이 있어도 들판을 떠나서는 안 되었다.

들판의 울타리가 보호해주어 아기 산양은 오두막에서 평화롭게 잠잘 수 있었다. 나는 연한 강아지풀을 베고 시원한 샘물을 떠왔다. 얼마 전 발견한 이 샘은 오직 나와 후투티 한 마리만 알고 있다.

들판 너머는 그다지 살기 좋은 곳이 아니다. 듣자 하니 물이 길거리를 따라 뚜껑도 없는 정화조로 흐르는데, 그야말로 끝을 알 수 없는 심연과 같다고 했다. 음식과 수돗물은 별로 맛이 없고, 크고 높은 집은 언뜻 호화스러워 보이지만 잠을 자기에는 적당하지 않으며, 도리어 악몽을 잉태하는 씨앗으로 가득 차 있다는 것이다.

아기 산양이 병이 났으니 다른 곳에는 갈 수 없었다. 들판에는 울타리와 오두막, 그리고 내가 있다. 이곳은 병실과 간호사를 포함해 필요한 건 모두 다 있는 아기 산양의 병원이다.

기분과 정서

들판의 기분은 좋다가도 나빠진다. 흐렸다가 맑아지고, 바람이
불거나 비가 오다가 눈이 내린다. 들판 위의 뭇 생명은 당황하지
않고 언제나 침착하게 변화를 받아들일 뿐이다. 눈비가 내리면
가지와 잎이 바람에 흔들리지만 뿌리는 묵묵히 수분을 흡수한
다. 날이 맑으면 대지는 안정을 되찾고, 초목은 꽃을 피우고
열매를 맺는다.

　　나와 아기 산양도 서로의 감정을 받아들이
는 데 익숙해졌다. 아기 산양이 슬플 때는 내
가 힘을 북돋고, 내가 우울할 때는 아기 산양이
온화한 눈빛을 보내며 위로한다. 우리는 그렇게
서로 의지하며 살아갈 따름이다.

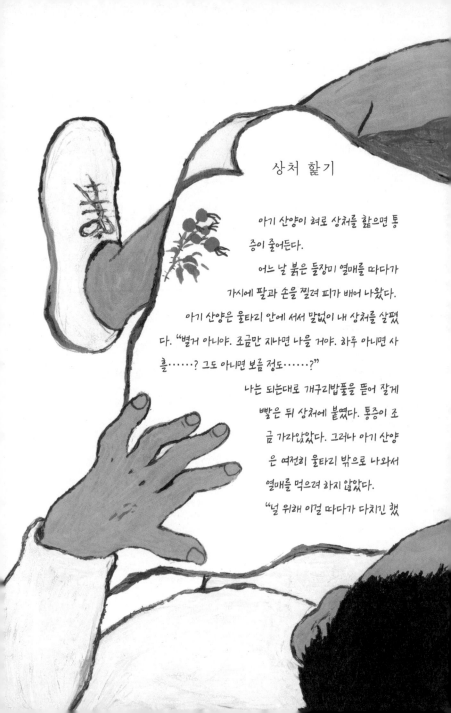

상처 핥기

아기 산양이 혀로 상처를 핥으면 통증이 줄어든다.

어느 날 붉은 들장미 열매를 따다가 가시에 팔과 손을 찔려 피가 배어 나왔다.

아기 산양은 울타리 안에 서서 말없이 내 상처를 살폈다. "별거 아니야. 조금만 지나면 나을 거야. 하루 아니면 사흘……? 그도 아니면 보름 정도……?"

나는 되는대로 개구리밥풀을 뜯어 잘게 빻은 뒤 상처에 붙였다. 통증이 조금 가라앉았다. 그러나 아기 산양은 여전히 울타리 밖으로 나와서 열매를 먹으려 하지 않았다.

"널 위해 이걸 따다가 다치긴 했

지만 내가 원해서 한 거니까 괜찮아."

드디어 아기 산양이 울타리에서 나와 내 손의 상처를 핥았
다. 조금 있자니 상처가 별로 아프게 느껴지지 않았다. 아기
산양은 내 팔에 난 상처도 핥았다. 팔의 통증 역시 곧 줄
어들었다.

이게 바로 어제저녁에 일어난 일이다.

잊지 않기 위해 이곳에 기록해둔다.

뭐든지 할 수 있어

수문역 할아버지는 재미가 없다. 늘 재미없는 이야기만 한다. 어느 날 할아버지가 또 물어왔다.

"이해가 안 돼. 산양이 뭐가 좋아? 당나귀처럼 짐을 실을 수도 없고, 골든레트리버처럼 재빠르거나 잃어버린 도끼를 물어 올 수도 없고, 고양이처럼 찰싹 달라붙어서 몸을 따뜻하게 해줄 수도 없잖아. 아침에 잠을 깨워주는 수탉 한 마리만도 못하지!"

좋아요, 할아버지. 제가 확실히 대답해줄게요.

　아기 산양은 그런 일을 할 수 없어요. 그럼 아기 산양이 뭘 할 수
있을까요? 아기 산양은 제가 큰 돌을 옮길 힘을 낼 수 있도록 도와
줘요. 또 매일의 낮과 밤을 빛나게 해주죠. 아기 산양의 노랫소리
는 수탉이나 골든레트리버처럼 크지 않지만 계속해서 따라 부르
고 싶어져요.
　아기 산양은 뭐든지 할 수 있어요.

하루는 몇 초일까

나는 아기 산양과 또 다른 하루를 보냈다.

하루는 너무 적어서 고작 24시간뿐이다. 분으로 하면 1,440분, 초로 하면 86,400초……. 나는 오늘 산양과 86,400초를 보냈다! 언뜻 많은 것 같지만 사실은 충분하지 않다. 계산해보자. 86,400초 가운데 우리가 과연 몇 초 동안이나 서로의 눈동자를 바라보았을까? 과연 몇 초 동안이나 상대방의 말에 귀를 기울였을까? 다시 이렇게 계산해보자. 오늘 들판으로 가는 데 몇 초가 걸렸을까? 이웃과 인사하는 데는 몇 초가 걸렸을까? 풀을 베고 뜯어 먹는 데 몇 초가 걸렸을까? 도랑을 손보는 데 몇 초가 걸렸을까?

하루 86,400초 가운데 우리가 낭비한 시간은 대체 얼마일까?

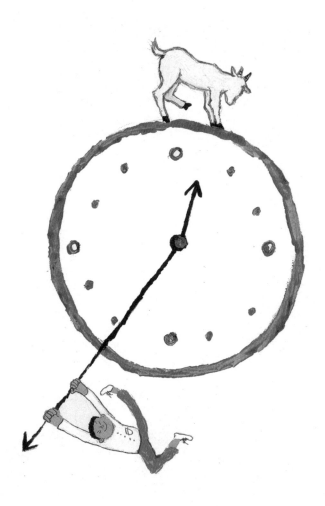

숲과 산비탈

우리는 자작나무 숲을 찾아갔다.

아기 산양은 가장 키 큰 자작나무를 보면서 가지에 매달린 황금색 잎사귀를 세었다. 한 잎, 두 잎, 세 잎, 네 잎, 다섯 잎, 여섯 잎, 일곱 잎, 여덟 잎…… 산들바람이 불어와 나뭇잎이 공중으로 휘날렸다. 자작나무는 벌거벗었어도 여전히 아름다웠다. 단지 나뭇잎이 있을 때만큼 아름답지 않을 뿐. 아기 산양은 잎을 다 세지 못하고 고개를 돌렸다.

"나뭇잎이 다 떨어졌어. 지금은 나무가 예쁘지 않아."

우리 둘은 산비탈을 뒤로하고 떠났다. 들판이 앞에 늘어서 있었다. 아기 산양이 혼잣말로 중얼거렸다.

"원래는 예쁜 나뭇잎이 엄청 많았어. 한 잎, 두 잎, 세 잎, 네 잎, 다섯 잎, 여섯 잎, 일곱 잎, 여덟 잎……"

"잠깐, 산양아, 뒤를 돌아봐. 안 그럼 후회할지도 몰라."

아기 산양은 내가 말한 대로 고개를 돌렸고, 이윽고 펼쳐진 광경에 넋을 잃었다. 아기 산양의 눈앞에 금박으로 덮인 산비탈이 있었다. 나뭇잎이 모두 떨어진 지금, 산비탈은 그 어느 때보다 아름다웠다.

들판의 친구들

우리는 일주일에 걸쳐 들판에
있는 친구들을 방문했다.

가장 먼저 달빛을 방문했다. 우리는 달에 더
가까이 다가가려고 강둑 위에 섰다.

"달빛이 들판을 비추고 있어." 아기 산양이 말했다.

"게다가 들판 너머까지 비춰주잖아. 들판보다 마음이 넓은 것
같아." 내가 대꾸했다.

길 잃은 작은 늑대 한 마리가 길을 따라 달려가고 있었다. 달빛
은 늑대를 위해 동쪽 산등성이까지 이어지는 길을 비추었다.

"달빛아, 고마워!" 아기 산양이 말했다.

우리는 또 가는 길에 있는 강물을 방문했다. 강물은 아래쪽으
로 물을 실어 옮기며 밤낮으로 흘러내리는 성가시고
힘든 일을 하고 있었다. 길가를 따라 늘어선 목마

른 식물들에게 마실 물을 주려고 말이다.

아기 산양이 말했다. "강물아, 내가 배웅하러 왔어."

우리는 귀뚜라미도 방문했다. 귀뚜라미는 부지런한 가수였다. 여름 내내 노래를 불렀고, 가을이 오면 조금 지쳐 보이긴 했지만, 여전히 겨울 공연에 대해 걱정했다. 새로운 곡이 없었기 때문이다. 청중의 격려가 필요해 보였다.

"네 노래를 들었어. 멜로디일 뿐이지만 정말 좋은 것 같아." 산양이 말했다. 우리는 잠 못 이루는 밤꾀꼬리와 다리 다친 여우도 방문했다. 여우는 오른쪽 뒷다리가 가시에 찔려 피를 많이 흘린 상태였다. 우리는 연못에 앉아 있는 외로운 거위도 방문했다.

아기 산양이 말했다. "혼자라고 생각하지 마. 내가 친구가 되어줄 테니."

빈둥거리기

들판에서는 구름 한 점 없는 화창한 날이
많다. 이즈음이면 따뜻한 햇볕이 들판의
온갖 구석과 틈새를 뜨겁게 달군다. 오두
막 뒤편 그늘은 아직 시원하지만 볕이 점차
자리를 옮기면서 이곳에 빠뜨린 열기를 보
충하면 이내 뜨겁게 달아오른다.

이런 날들에 나는 아기 산양과 빈둥빈둥 시간을 보낸다. 우리는 종일 들판에서 뒹굴며 지낸다. 아기 산양의 진흙투성이 몸은 금빛 풀잎과 줄기로 뒤덮여서 마치 황금색 외투를 입은 듯 보인다.

나도 아기 산양과 같다. 나 또한 황금색 외투를 걸쳐 입는다.

새들은 어디로 갔을까

어느 날부터 아기 산양과 나는 머리 위로 날아가는 새들에게 주의를 기울이기 시작했다. 이것은 중요한 문제였다.

첫째 날에는 36마리가 있었다. 그중 27마리는 남쪽으로 날아간 기러기였다. 행렬의 맨 끝에 외따로 떨어진 기러기가 서둘러 남쪽으로 향하며 따라붙었다. 아기 산양과 나는 그 기러기가 다른 기러기 떼를 따라잡을 수 있기를 바라며 응원했다. 나머지 새들은 참새, 까치, 그리고 딱새였다.

둘째 날에는 25마리가 있었다. 대부분 참새와 까치였지만 까마귀도 있었다. 새들은 먹이를 찾으러 서쪽 논으로 향했다. 아기 산양은 새들에게 들판에 있는 꼬리풀이 씨앗을 품고 있다고 알려주었다. 멋진 메인 요리가 될 거라며. 아기 산양의 초대를 받아들인

110

참새 몇 마리가 들판으로 내려앉았다. 참새들은 들판을 돌아다니며 꼬리풀 씨앗을 쪼았다. 아기 산양은 매우 행복해했다. 아기 산양이 울타리 밖에 서서 메메 울었다. 나도 행복했다.

셋째 날에는 18마리가 있었고, 넷째 날에는 13마리, 다섯째 날에는 오직 2마리뿐이었다. 아기 산양이 내게 물었다. "새들이 모두 어디로 갔지?"

여섯째 날, 나는 새들을 찾으려고 아기 산양을 동쪽 숲으로 데리고 갔다. 멀리서 새들이 지저귀는 소리가 들려왔다. 알고 보니 뒤에 남아 있던 새들이 그곳에서 겨울을 어떻게 날지 회의를 하고 있었다. 아기 산양은 기쁨에 차올라 메메 울면서 숲속으로 들어갔다. 겨울을 나는 방법에 관해 꼭 할 말이 있다는 듯이.

들판의 숨결

숨을 깊숙이 들이쉬고 들판의 냄새를 느껴봐. 온갖 식물과 그 아래쪽에 있는 대지의 숨결을 놓쳐선 안 돼.

눈을 감고 달빛을 네 눈동자 안에 담아봐. 지평선 너머로 보이는 아침 햇살도 말이야.

귀 기울여 들어봐. 새와 벌레의 울음소리, 대지의 숨결을 귀에 담아봐.

그럼 우리는 이 들판을 세상 어디로든 데려갈 수 있을 테니까.

또 다른 산양

산양아, 네가 먹는 풀 중에서 어느 게 가장 달아? 자주개자리, 아니면 돌피? 나도 먹어봤는데 별로 맛이 없던걸. 내 요리법에는 이런 재료가 들어가지 않아. 하지만 내 요리법은 너무 복잡하니까 그다지 좋은 건 아니겠지. 나도 간단히 줄여보려고 하는 중이야.

만약 나를 다른 산양으로 만들어줄 방법이 있다면, 네가 먹는 대로 똑같이 먹을게. 네가 먹어보지 않은 건 내가 대신 먹어볼게. 달콤하고 즙이 많은 건 네게 주고, 맛이 없는 건 다 내가 먹을게.

만약 내가 산양이 된다면 서둘러 오두막으로 이사할 거야. 두 마리가 함께 지내면 더 따뜻할 테지. 집이 너무 좁다면 내 머리나 뒷다리를 밖에 내놓으면 돼. 어려운 일도 아니야.

우리의 아침 인사는 두 산양 사이에 오가는 인사가 될 테지. 서로의 말을 이해한다면 더 이상 애써 추측할 필요가 없을 거야.

"메메, 좋은 아침이야! 어젯밤 너와 함께 풀을 뜯어 먹는 꿈을 꿨어." 내가 말했다.

"메메, 그건 꿈이 아니야." 아기 산양이 고개를 돌려 나를 바라보았다.

입동

기러기 떼가 지평선 위로 사라지며 가을을 데려갔다. 들판의 식물들이 몸을 움츠렸고 초목 사이의 틈새가 눈에 띄게 벌어졌다.

아기 산양은 밤에도 낮에도 잠을 청하지 못하고 강 건너편에서 소식이 오기만 기다렸다. 강 건너편에 있는 양 한 마리가 다쳤다고 하는데, 이 나쁜 소식은 울타리 안의 차가운 공기를 한층 더 차갑게 했다. 아기 산양은 매우 초조해했다.

아기 산양은 나에게 들판을 떠나 따뜻한 곳에서 겨울을 나라고 권했다. 그러나 나는 들판을 떠나지 않을 것이다. 이곳에서 아기 산양과 함께 추운 겨울을 보내지 않으면, 우리가 함께 보낸 여름과 가을을 그리워할 자격이 있을까. 앞으로 다가올 봄을 기대할 자격이 있을까.

이곳 북쪽에서 겨울을 견디지 못하는 식물은 단 한 차례 눈부시게 빛날 뿐, 결코 세상의 환생과 영원에 관해서 알지 못할 것이다.

월동 준비

겨울을 나려면 충분히 준비해야 한다. 나와 아기 산양은 오랜 시간을 월동 준비에 썼다.

아기 산양은 아침 일찍부터 저녁 늦게까지 부산을 떠느라 몸이 비쩍 마르고 얼굴이 창백할 지경이었다. 나는 미안하고 슬퍼졌다.

나는 때때로 밤을 새워 들판 안팎을 뛰어다니며 자주개자리와 밀짚, 달콤한 구기자 소스를 준비했다. 아기 산양에겐 이런 것들이 필요했다. 나는 아기 산양이 따뜻한 겨울을 보내길 바랐다.

"넌 너무 피곤해 보여. 휴식이 필요해."

"난 피곤한 게 뭔지 몰라."

“네가 쉬지 않으면 나도 쉬지 않을래.”

“좋아, 그럼 잠깐만 눈 좀 붙이자.”

나는 굴다리 옆에 비스듬히 기대어 잠이 들었다. 논에서 잘 때도, 들판에서 잘 때도 있었다. 나는 들판에 햇살이 밝게 빛나고 수초가 무성한 가운데 아기 산양이 즐겁게 뛰노는 꿈을 꿨다. 봄이 어느새 다시 돌아와 있었다.

어학 수업 이야기

어학 수업이 다시 시작되었다. 아기 산양이 내게 산양의 언어를 가르쳤다.

메메메, 메!
이건 풀을 심는다는 뜻이야.

메! 메메메.
이건 풀을 뽑는다는 뜻이야.

아기 산양은 나에게 들판이 들판처럼 보이도록 풀을 더 많이 심으라고 했다. 아기 산양은 또 나에게 풀을 많이 뽑지 말라고 했다. 사실 이 들판은 우리 둘이 함부로 헤집고 돌아다니는 걸 감당할 만큼 크지는 않으니까.
메메! 메메……. 아기 산양은 듣기 좋은 이야기는 매우 위험하다고 내게 말했다. 듣기 좋은 이야기를 하면 아기 산양은 밥을 먹지도, 잠을 자지도 않았다. 그러니 너무 듣기 좋은 이야기가 위험하다는 말은 사실이다.

그날 오후에 나는 몇 가지 지루한 이야기를 했다. 그러자 아기 산양은 곧 잠이 들었다. 그렇다면 아기 산양을 잠들게 하는 지루한 이야기야말로 가장 좋은 이야기인 걸까.

낯선 사람들

아기 산양이 울타리 밖에서 장난을 치며 한나절이나 소란을 피웠다. 아기 산양은 조금씩 자랐고 예전보다 튼튼해졌다. 동시에 식사량도 많이 늘었다. 이건 내가 더 많은 풀을 준비해야 한다는 뜻이다. 아기 산양은 풀만 먹을 뿐 다른 어떤 걱정도 하지 않는다. 나는 풀베기를 책임진다. 몸은 고되지만 마음은 평화로웠다.

어느 날 작업복 차림을 한 사람들이 들판에 들어섰다. 아기 산양은 그들을 보며 메메 울었다. 그중 뚱뚱한 사람이 악의 없이 웃으며 측량기를 세우고 멀리 떨어진 강둑을 겨냥해 초점을 맞추었다. 아기 산양은 측량기를 빤히 바라보았다. 이전에 본 적이 없는 물건이라 신기한 것이다. 그러나 나는 그들이 침입자가 아닐지, 나중에 혹시 큰일이 닥치진 않을지 걱정이 되었다. 나는 외부인에 대해 경계하는 마음이 들었다. 이곳의 평화가 얼마나 지속될지 몰랐다. 사방에 담을 둘러쌓고 싶지만 어떻게 그게 가능하겠는가. 나는 또한 어른들이 조만간 내 행방을 알게 될까 봐 걱정되었다. 어른들은 내가 동물을 기르는 것을 허락하지 않았다. 물론 아기 산양도 안 되었다.

두렵고 소심해진 나는 '종말'이 오기만 기다렸다. 아기 산양은 고개를 갸웃거리며 내가 왜 기분이 좋지 않은지 궁금해했다.

아기 산양이 사라진 날

아기 산양이 사라졌다. 잠에서 깨어나자마자 나는 이 사실을 알아
차렸다. 잠을 너무 오래 잔 것일까. 나는 정오부터 저녁 무렵까지
내리 잠들어 있었다. 그사이 들판에서 무슨 일이 일어난 것일까.
들판에는 첫눈이 내려앉아 있었다. 눈은 가볍고 차가웠다.
어지러운 발자국이 눈 덮인 새하얀 들판에 찍혀 있었다.
나는 여러 가지 가설을 세웠다.

어쩌면 밀렵꾼이 아기 산양을 데려갔을지 몰랐다. 밀렵꾼은 아기 산양의 울음소리로 위치를 파악해 손쉽게 산양을 찾을 수 있었을 것이다. 이 들판은 무방비 상태여서 나쁜 사람의 침입을 막을 수 없다.

어쩌면 아기 산양이 길을 잃었을 수도 있었다. 들판 너머에는 무수히 많은 갈림길이 있고, 각각의 길은 도시와 숲, 습지로 통했다. 혹은 끝이 없는 길이 있어서 아기 산양을 지평선 너머로 데려갔는지도 몰랐다. 또 어쩌면 아기 산양이 작별 인사도 남기지 않고 떠났을 수도 있었다. 습지로 돌아가 다시 예전처럼 살기로 결정했다면 말이다. 정말로 어쩌면, 아기 산양이 장난을 치느라 동쪽 숲에 숨었을지도 몰랐다. 이것이 가장 희망적인 가설이었다. 그러나 사흘 후에 나는 이 가설을 뒤집었다. 대체 어떤 장난을 사흘 동안이나 할 수 있단 말인가. 혹시나 하고 숲에 가보니 역시 아기 산양의 흔적은 어디에도 없었다.

별안간 나는 새로운 가설을 세웠다. 산양이 이미 들판으로 돌아왔다면! 나는 숲을 벗어나 들판을 향해 미친 듯이 달렸다. 나는 떨리는 마음으로 울타리에 난 쪽문을 밀었다. 오두막은 텅 비어 있었다.

불행하게도 기적은 찾아오지 않았다.

종적

아기 산양이 내 곁에 있을 때는 온 들판에 울려 퍼지는 맑은
울음소리를 들을 수 있었다. 아기 산양이 사라지자 도리어 온
세상에서 울음소리가 들려왔다. 어떤 때는 동쪽 산속에서, 어
떤 때는 서쪽 논에서 메메 하는 소리가 울렸다.

　어느 날 강 건너편에서 울음소리가 또렷이 들려왔다. 나는
넋을 잃고 미친 듯이 달려 산으로, 논으로, 강 건너로 가보았
다. 그러나 아기 산양의 모습은 보이지 않았다.

　　나는 고속열차를 타고 북쪽으로 향했다. 창밖으로 들판
과 산이 구불구불 이어졌다. 산양 한 무리가 잡목림을 통

과해 먼 곳으로 달려가고 있었다. 나는 열차 안에서 필사적으로 손을 흔들었다. 아기 산양은 분명히 저 양 떼 사이에 있을 거야. 아니, 그래, 어쩌면 저기 없을지도 모르지.

하늘에서 내린 눈이 온 산과 들판을 가득 뒤덮으며 대지에 녹아들었다. 녹아내린 눈은 다시 하얀 구름이 되어 하늘로 돌아갔다.

에필로그

40여 년 전 동생 둘이 잇달아 태어났다. 어머니는 젖을 물리는 데 어려움이 있었는데, 아버지가 어디선가 산양 한 마리를 끌고 와서 동생들의 '유모'로 삼았다. 그 순간부터 산양은 나의 유일한 '반려 동물'이었다. 수십 년이 지난 지금도 산양의 모습이 눈앞에 있는 듯 생생하다. 기쁨에 넘쳐 이리저리 뛰어다니던 그때처럼……

그 덕분에 나는 단숨에 이 책을 써 내려갈 수 있었다. 선양에서, 우위안에서, 레이양에서, 창사에서 썼고, 강변의 나무집에서, 푸저우의 어느 호텔 소파에서, 메이링 아래의 마당에서 썼다. 한 글자 한 글자씩, 한 문단 한 문단씩. 눈물을 흘리며 쓰고, 땀 흘리며 쓰고, 아픈 가슴을 움켜쥐며 썼다. 아침에 쓰고, 한낮에 쓰고, 오후에 쓰고, 밤늦게 쓰고, 꼭두새벽에도 썼다. 쓰다 보면 달이 내려앉았고, 쓰다 보면 태양이 다시 얼굴을 내밀었다. 쓰다 보니 가을이 저물고 눈이 내렸다.

땅이 깨끗이 씻겨 내리고 만물이 다시 살아나듯 아기 산양이 내게 돌아왔다.

어느 새벽에

작은 나무집에서 쓴다

어느 날 서로 다른 곳을 향해 멀어지더라도
우리는 언제나 하나의 세계에 속해 있을 것이다.

책과이음의 책